AF363851

VENTE

Du Samedi 15 Juin 1907

HOTEL DROUOT, SALLE N° **10**

à 2 heures 1/2

EXPOSITION PUBLIQUE

Le Vendredi 14 Juin 1907

DE I HEURE 1/2 A 5 HEURES 1/2

TABLEAUX ANCIENS & MODERNES

MINIATURES

Objets de vitrine, Bijoux anciens, Boîte en or

MEUBLES ET SIÈGES ANCIENS

BRONZES D'ART ET D'AMEUBLEMENT

PENDULES, LUSTRES

Cartel en bronze ciselé doré de l'Époque Louis XV

PORCELAINES, FAIENCES, OBJETS DIVERS

Tapis de table en soie brodée du XVIᵉ siècle

COMMISSAIRE-PRISEUR

Mᵉ **EUGÈNE BAILLY**

EXPERTS

MM. PAULME & B. LASQUIN FILS

CATALOGUE

DE

Tableaux, Miniatures

ET

GRAVURES ANCIENNES

Par, ou attribué à, et d'après :

BAUDOIN, DUPLESSIS BERTAUX, COYPEL, DUNAN, A.-B. VAN ESCH
J.-H. FRANCK, LAGRENÉ, LEBEL, RUBENS
SENAVE, VALLIN, C. VERNET, VERTHUILST, SAUVAGE

Objets de vitrine, Montres et belle Boîte en or émaillé

MEUBLES ET SIÈGES ANCIENS

Console Louis XIV, bois sculpté doré
Armoire Louis XV en bois de rose et ameublement de salon Empire
en acajou couvert de soie brochée

BRONZES D'ART ET D'AMEUBLEMENT

PENDULES, LUSTRES

BELLE PENDULE EMPIRE EN MARBRE BLANC

Porcelaine, Faïence, Cadres bois sculpté
Miroirs, Boîte à jeu et grands Vases en verre et bronze Louis XVI

OBJETS DIVERS

DONT LA VENTE AURA LIEU ;

HOTEL DROUOT, SALLE N° 10

Le Samedi 15 Juin 1907, à deux heures

COMMISSAIRE-PRISEUR	EXPERTS
M° EUGÈNE BAILLY	MM. PAULME et B. LASQUIN FILS
9, rue Notre-Dame-des-Victoires	10, rue Chauchat | 12, rue Laffitte

Chez lesquels se distribue le présent Catalogue

EXPOSITION PUBLIQUE

Salle n° 10, le Vendredi 14 Juin 1907, de 1 h. 1/2 à 5 h. 1/2

CONDITIONS DE LA VENTE

Elle sera faite au comptant.

Les adjudicataires payeront *dix pour cent* en sus des enchères.

Paris.— Imp. de l'Art, CH. BERGER et Cⁱᵉ, 41, r. de la Victoire.

DÉSIGNATION

TABLEAUX, DESSINS

MINIATURES

1 — BAUDOIN. L'Agréable négligé, gravée en couleur par Janinet. — Belle épreuve avant toute lettre avec marge.

2 — BERTAUX (Duplessis). Cheval dételé auprès d'une charrette de paille.

3 — Cheval à la charrue. — Deux pendants sur bois, signés. Datés : *1794.*

4 — COYPEL (A.). Suzanne surprise par les Vieillards. — Bonne peinture, cadre Louis XIV, en bois sculpté.

5 — COYPEL (Attribué à). Allégorie de la chasse. — Toile.

6 — DUNAN (Attribué à). Quatre paysages.

7 — Esch (A. B. Van). Histoire de Don
Quichotte. — Série de huit peintures fixées
sous verres, signées, datées.

8 — École flamande (xvie siècle). Le Sacrifice
d'Abraham. — Panneau.

9 — École française. Paysage, sujet pastoral.
— Toile décorative.

10 — École française (xviiie siècle). Jeune Gar-
çon jouant de la flûte. — Cadre Louis XV
en bois sculpté doré. Toile.

11 — École française. Jeune Femme en corsage
et bonnet de dentelle blanche. — Pastel.

12 — Portrait de l'architecte Servandony. —
Pastel.

13 — Portrait de Femme.

14 — Portrait de Jeune Femme. — Pastel dans
un cadre ancien.

15 — La Petite Tricoteuse. — Pastel.

16 — École française (1830). Portrait d'Homme. — Toile.

17 — ÉCOLE ITALIENNE (XVIIᵉ siècle). Sujet reli-
gieux. — Panneau.

18 — FRANCK (J.-H.). La Crucification, scène
animée de nombreux personnages. — Bon
tableau sur panneau, signé, daté : *1541*.

19 — LAGRÉNÉ (Attribué à). Jeune Femme et
Amour. — Panneau.

20 — LEBEL. Trait d'humanité d'un grenadier
français. — Toile signée. Salon de 1812.

21 — RUBENS (Ecole de). Le char de Neptune.
— Bois.

22 — SENAVE. Cour et intérieur de ferme. —
Cuivre et bois.

23 — VALLIN. Jeune femme apprenant à nager à
un Amour. Paysage avec petit temple. —
Toile signée. Datée : *1826*.

24 — VALLIN. Paysage avec bergère auprès d'un
mouton qui vient d'être égorgé par un loup.
— Toile signée. Datée : *1822*. Cadre Louis
XVI, bois sculpté doré.

25 — VALLIN. Deux Amours dans un paysage
avec colombes. — Toile signée. Datée : *1826*.

26 — Le Marchand de moulages. — Toile signée. Datée : *1832*.

27 — VALLIN (Attribué à). Portrait de Femme. —
Toile.

28 — VERNET (D'après Carle). — L'Inutile Pré-
caution. Chacun son tour. — Deux gravures en couleur, par Debucourt. Belles
épreuves avec grandes marges.

29 — VERTHUILST. Fillette et chien. — Panneau
signé. Daté : *1808*.

30 — Portrait de femme. — Toile signée. Datée : *1812*.

31 — Gravures et vignettes anciennes du XVIIIe
siècle.

32 — Les Amours pastorales de Daphnis et de
Chloé. — Recueil de 31 vignettes en couleur,
gravées par Audran en 1717, d'après Coypel, 1714.

33 — MINIATURE. Portrait de François Neufchâ-
teau. — Signé : *Boisier, 1824.*

34 — MINIATURE. Portrait de Jeune Femme, en
bonnet. — Epoque de la Révolution.

35 — Miniature. Portrait d'Emira Sergent, née
Marceau, sœur du général Marceau.

36 — Miniature. Portrait de Jeune Homme. —
Epoque de la Révolution. Attribuée à Sauvage.

37 — Miniature. Portrait de Dame, au crayon.
Epoque de la Révolution.

38 — Miniature. Jeune Femme avec casque et
cuirasse.

39 — Miniature. Email attribué à Counis, 1829.
Portrait d'Homme.

OBJETS DE VITRINE

BIJOUX

40 — Boîte rectangulaire à pans coupés en or, partiellement émaillée en plein sur fond guilloché ; elle est ornée de cordons de feuillages en relief émaillés en couleur et enrichie de petites roses ; l'intérieur est à compartiments formant boîtes à mouches ou à fards et flacons.

41 — Montre en or émaillée en couleur sur fond noir. Commencement du XIXe siècle.

42 — Porte-montre en argent repoussé et ciselé, avec montre marquant les secondes.

43 — Bonbonnière, de forme ronde, en cuivre doré, avec couvercle en émail bleu, orné de demi-perles et pierres de couleur.

44 — Petite montre en forme de poire en émail, avec sujets galants.

45 — Montre de dame en or ciselé, émail rouge et roses. Cadran signé : *Lepaute*. Epoque Louis XVI.

46 — Montre de dame en or. Epoque Louis XVI.

47 — Montre de dame en or, ornée de pierres.

48 — Pomme de canne en argent ciselé, de style Louis XV.

49 — Manche d'ombrelle en cuivre, avec application de nacre et or.

5o — Petit étui, avec flacon de cuivre, or et nacre.

5 1 — Montre en argent ciselé, avec émail. Epoque Louis XV.

52 — Montre en argent, le cadran à ornement en relief et ajouré : Nègres sonnant les heures.

53 — Grosse montre de bureau en cuivre ciselé à jour, à ornement de branchages.

OBJETS DIVERS

FAIENCES ET PORCELAINES

54 — Paire de potiches en porcelaine de la Compagnie des Indes, montées en lampes.

55 — Paire de vases en porcelaine de Canton, à sujets familiers, avec monture en bronze. Style Louis XV.

56 — Paire de vases en porcelaine de Canton, de forme hexagonale, décor à sujets familiers, monture en bronze de style Louis XV.

57 — Deux tasses et soucoupes en porcelaine de Sèvres. Epoque Charles X.

58 — Bonbonnière en bois sculpté, médaillon de Louis XVIII.

59 — Paire de petits vases en verre bleu taillé en spirales, avec monture en bronze ciselé doré Louis XVI.

60 — Petit miroir dans un cadre Louis XIII en ébène incrusté d'ivoire.

61 — Cadre Louis XIV en bois sculpté doré.

62 — Paire de miroirs, de forme ovale, cadres
en bois sculpté doré : amours et rinceaux de
feuillages.

63 — Carton contenant quatre boîtes à jetons
en ivoire teinté et gravé, avec marque sur le
couvercle et jetons de différentes couleurs,
avec un jeu de cartes représentant les blasons
de villes ou provinces. xviiiᵉ siècle.

64 — Cinq jeux de cartes anciens : historique
sur l'histoire du Nouveau testament, abrégé
d'histoire grecque, abrégé élémentaire de la
fable; jeux géographiques et abrégé d'histoire sainte, et un jeu ordinaire.

65 — Paire de vases, forme troncs d'arbres en-
feuillagés, avec socles en pierre de lare.

66 — Coupe formée de feuillages, avec socle en
pierre de lare.

67 — Deux petites coupes, ornées de feuillages,
en pierre de lare.

68 — Groupe de trois figures en pierre de lare.

69 — Divinité chinoise en grès, deux petits masques en bronze japonais et statuette égyptienne.

70 — Deux panneaux hindous en bois sculpté.

71 — Trois kakemonos japonais.

72 — Deux légumiers en métal argenté.

73 — Dessus de lit en damas rouge et jaune, avec bande de broderie de soie, ornements de rinceaux. XVIᵉ siècle.

BRONZES D'ART

PENDULES — LUSTRES

74 — Pendule en marbre blanc : Jeune Femme et Amour. Epoque Empire.

75 — Deux flambeaux bronze doré. Empire.

76 — Deux chenets bronze doré. Louis XVI.

77 — Paire de candélabres en bronze ciselé doré à trois lumières, rinceaux de feuillages supportés par deux amours. Base ajourée à rocailles. Style Louis XV

78 — Paire de chenets de style Louis XV, à rocailles et feuillages, en bronze ciselé doré.

79 — Cartel en bronze ciselé doré Louis XV, à ornements de rocailles, feuillages et fleurs. Cadran signé : *Thiout le Jeune, à Paris.*

80 — Paire d'appliques à deux lumières, en bronze ciselé doré, de style Louis XV.

81 — Paire d'appliques à trois lumières en bronze ciselé doré, de style Louis XV.

82 — Quatre appliques Régence, en bronze ciselé doré, à deux lumières.

83 — Quatre appliques à sept lumières chacune en bronze doré et cristaux. Style Louis XIV.

84 — Lustre de style analogue aux appliques ci-dessus, à 36 lumières de bougie et 12 électriques, en bronze et cristaux.

85 — Lustre en bronze et cristaux.

86 — Deux vases en bronze du Japon.

MEUBLES ET SIÈGES

87 — Console Louis XIV en bois sculpté doré à deux pieds et traverse avec Amour jouant du violoncelle, ornement de rinceaux de feuillages, fleurs et mascaron. Dessus de marbre de couleur.

88 — Armoire ouvrant à deux portes en bois de rose orné de bronzes. Fin de l'époque Louis XV.

89 — Petite commode Louis XVI en marqueterie de bois de rose, ouvrant à deux tiroirs. Dessus de marbre de couleur.

90 — Console demi-lune en acajou orné de bronze. Epoque Louis XVI.

91 — Meuble d'entre-deux en acajou ouvrant à deux portes grillagées. Epoque Louis XVI.

92 — Petit chiffonnier-secrétaire, bois noir et peinture japonaises.

93 — Guéridon table à jeu en tôle peinte, de forme rectangulaire, à bordure ajourée, orné de guirlandes de fleurs et de quatre sébiles en creux.

94 — Trois coffres en chêne sculpté.

95 — Meuble-vitrine en marqueterie de bois.

96 — Ameublement de salon Empire en acajou couvert de soie brochée, composé de : un canapé, quatre fauteuils et quatre chaises.

97 — Trois chaises Empire en bois d'acajou couvert en tapisserie.

98 — Deux chaises en bois sculpté peint, de l'époque Louis XV, recouvertes en tapisserie au point.